O Desertor de Princesa

O Desertor de Princesa

Prefácio
Carlos Newton Júnior

Ilustrações
Manuel Dantas Suassuna

EDITORA
NOVA
FRONTEIRA

Copyright © 2022 Ilumiara Ariano Suassuna
Copyright das ilustrações © 2022 Manuel Dantas Suassuna

Direitos de edição da obra em língua portuguesa adquiridos pela EDITORA NOVA FRONTEIRA PARTICIPAÇÕES S.A. Todos os direitos reservados. Nenhuma parte desta obra pode ser apropriada e estocada em sistema de banco de dados ou processo similar, em qualquer forma ou meio, seja eletrônico, de fotocópia, gravação etc., sem a permissão do detentor do copirraite.

EDITORA NOVA FRONTEIRA PARTICIPAÇÕES S.A.
Rua Candelária, 60 — 7º andar — Centro —20091-020
Rio de Janeiro — RJ — Brasil
Tel.: (21) 3882-8200

Ilustração de capa: Manuel Dantas Suassuna

Dados Internacionais de Catalogação na Publicação (CIP)

S939c   Suassuna, Ariano, 1927-2014
         O Desertor de Princesa/Ariano Suassuna; ilustrações por Manuel Dantas Suassuna; Prefácio de Carlos Newton Júnior. – Rio de Janeiro: Nova Fronteira, 2022.
         112p.; 13,5 x 20,8 cm

     Apresentação por Carlos Newton Júnior

     ISBN: 978-65-5640-462-2

     1. Literatura brasileira. I. Suassuna, Manuel Dantas. II. Título.

                                                    CDD: B869
                                                    CDU: 821.134.3(81)

André Queiroz – CRB-4/2242

Sumário

A Harpa de um Desertor   7

O Desertor de Princesa   17

Nota Biobibliográfica   103

A Harpa de um Desertor

Carlos Newton Júnior

O Desertor de Princesa ocupa um lugar de especial relevância na dramaturgia de Ariano Suassuna. Em sua versão original, de 1948, ainda sob o título *Cantam as Harpas de Sião*, foi esta a primeira peça do autor a ser encenada. Lembremos que *Uma Mulher Vestida de Sol*, escrita no ano anterior, embora tenha sido premiada em concurso promovido pelo Teatro do Estudante de Pernambuco (TEP), grupo ao qual o autor se ligara desde que ingressara na Faculdade de Direito do Recife, não chegou a ser montada à época — e não há mesmo notícia de qualquer montagem da peça, amadora ou profissional, nos anos subsequentes, até a adaptação televisiva realizada pela Rede Globo em 1994, sob direção de Luiz Fernando Carvalho. Foi com *Cantam as Harpas de Sião*, portanto, o seu segundo texto para teatro, que o jovem dramaturgo sentiu a emoção de uma verdadeira estreia, com todas as expectativas geradas em torno da recepção do público e da crítica.

Escrita entre abril e maio de 1948, a peça estreou a 18 de setembro do mesmo ano, com direção de Hermilo Borba Filho e cenários e figurinos assinados por Aloisio Magalhães, dois nomes que dispensam qualquer comentário. A apresentação fez parte do programa de inauguração da Barraca do TEP, montada no Parque 13 de Maio, área central do Recife, nas imediações da Faculdade de Direito. Aos moldes da Barraca do dramaturgo espanhol Federico García Lorca, os estudantes do Recife idealizaram uma espécie de palco móvel para fazer teatro ambulante, no intuito de levar o teatro ao povo, apresentando-se em praças de pequenas cidades do interior, pátios de fábricas etc.

Presente à inauguração, afirmaria Paschoal Carlos Magno, em elogioso artigo publicado no *Correio da Manhã*, do Rio de Janeiro, que a Barraca do TEP, montada em madeira e ferro, e coberta por uma lona verde-escura, de longe parecia "um barco estranho pronto para a viagem maravilhosa". Por outro lado, tratando mais especificamente da peça de Suassuna, em sua coluna no *Diário da Noite*, do Recife, o crítico Valdemar de Oliveira externaria uma opinião que em pouco tempo iria se revelar premonitória: "Pode discordar-se da solução moral ou artística que o autor dá ao enredo, mas é impossível fugir à poderosa força dramática que transpira do seu texto. Ariano Suassuna é um nome capaz de projetar-se, rapidamente, para além das fronteiras do Brasil."

Se a inauguração da Barraca foi realmente um sucesso de público e de crítica, tendo contado com aproximadamente

3 mil espectadores e recebido uma repercussão em jornal para além das divisas de Pernambuco, não lograram os estudantes seu objetivo principal de usá-la para realizar teatro itinerante. Pesada e complexa, a sua estrutura, construída pela Base Naval do Recife, demandava gente especializada e dias de trabalho para a montagem e a desmontagem, de modo que, após uma primeira temporada de espetáculos, a Barraca terminou doada a um orfanato.

Cantam as Harpas de Sião foi também a peça que projetou o trabalho do jovem dramaturgo paraibano, radicado no Recife, para além das divisas de Pernambuco. Há notícias de montagens da peça em pelo menos duas capitais nordestinas — Natal, em 1951, e João Pessoa, em 1955. Em Natal, a peça foi levada ao palco do maior teatro da cidade, o então Teatro Carlos Gomes (atual Alberto Maranhão), com direção de Geraldo Carvalho e cenário e trajes assinados por ninguém menos do que Newton Navarro, um dos maiores artistas visuais brasileiros, na ocasião também participante do elenco. Em João Pessoa, a montagem ficou a cargo do Teatro dos Estudantes da Paraíba, com direção artística de Hermano José e Ruy Eloy e cenário de Hermano José, outro artista visual de reconhecido mérito. Há ainda, registre-se, a possibilidade de a peça ter sido apresentada no Rio de Janeiro e até mesmo em Marselha, na França, pelo que se depreende de pelo menos dois artigos assinados por Hermilo Borba Filho na *Folha da Manhã*, do Recife, respectivamente a 22 de fevereiro e a 25 de março de 1949.

A exemplo do que ocorrera com a primeira peça do autor, cujo título fora retirado de certa passagem do Apocalipse de São João, o título de *Cantam as Harpas de Sião* é de inspiração bíblica, extraído, no caso, do Salmo 137, no qual se conta como os hebreus, longe de sua terra e prisioneiros dos babilônios, choraram com saudades de Jerusalém (Sião), enquanto seus opressores, querendo divertir-se, lhes pediam que cantassem — a mesma passagem que inspirou o famoso poema "Sôbolos rios que vão", de Camões.

A peça é ambientada durante a guerra de Princesa, ocorrida no Sertão da Paraíba, movimento separatista já totalmente inserido no contexto das lutas políticas que antecedem a Revolução de 1930. Sob a liderança do coronel José Pereira Lima, o município de Princesa se rebela contra o governo do presidente João Pessoa (chamava-se então de presidente a quem ocupava o atual cargo de governador), declarando-se independente e subordinado apenas ao governo federal. Por mais que tenham tentado, as tropas legalistas de João Pessoa não conseguiram tomar o município, que somente capitulou após a morte de Pessoa, assassinado no Recife a 26 de julho de 1930.

São poucos os personagens em cena, e toda a ação se passa ao longo de uma noite, em Taperoá, na casa do viúvo Nestor, pai biológico de Amaro e Maria e pai adotivo de Antônio. Antônio e Amaro haviam se alistado no batalhão provisório do governo para combater os revoltosos de Princesa sem medirem muito bem as consequências de tal atitude. Antônio alistara-se pelo soldo, vendo, ali, a oportunidade de deixar a casa do pai que sempre o rejeitara. Se, a princípio, ele não possuía qualquer convicção política sobre a guerra de Princesa, com o tempo ele a vai adquirindo, tomando consciência de que, se existe um lado errado, este lado era o seu, o lado de um governo de retaliações, que tachava indiscriminadamente seus opositores de cangaceiros, e de uma polícia que, salvo honrosas exceções, era "uma polícia de assassinos", acostumada a sangrar seus prisioneiros sem nenhuma piedade. Amaro, que se alistara influenciado pelo irmão adotivo, jamais aparece. Dele se sabe, logo de início, que morrera em combate. Assim, fora o violeiro cego, com ligeiras aparições no início e no fim do espetáculo, em cena ainda o terrível Capitão Souza, oficial da polícia à procura de um soldado que desertou. O desertor é Antônio, que abandonara o combate após a morte do irmão adotivo e voltara para casa, à procura de refúgio.

Em entrevista concedida ao extinto *Jornal Pequeno*, do Recife, publicada a 16 de setembro de 1948 (dois dias antes da estreia, portanto), o autor falou de sua peça e aproveitou para explicar a escolha do primeiro título:

"É um grito contra a guerra: quis deixar bem patente que a minha geração, pelo menos em sua maioria, pode ir para a guerra, mas vai a contragosto, esperneando e berrando, absolutamente sem ilusões quanto a isso que a ingenuidade babosa dos militares chama 'heroísmo'. (...) Qualquer pessoa que tenha visto soldados na rua, marchando como autômatos e cantando, sabe o que significam estas 'harpas', obrigadas a cantar a canção do senhor contra a vontade, em terra estranha."

E arremata o jovem dramaturgo, fazendo uma relação direta do que vinha dizendo com o seu personagem, o Capitão Souza, que começara a guerra com a patente de Tenente e logo chegara a Capitão: "A guerra só traz vantagens para os 'capitães do mal'."

Em reescritura realizada em maio de 1958, exatos dez anos após a conclusão da primeira versão da peça, Suassuna substituiu o título, mais poético, por outro, mais objetivo, mais diretamente ligado aos fatos que constituem a trama. *Cantam as Harpas de Sião*, assim, transforma-se em *O Desertor de Princesa*, e tudo nos leva a crer que o violeiro cego, ausente da primeira versão, assume o lugar do anunciador, ausente da segunda. A referência às harpas de Sião, no entanto, não desaparece por completo. É com uma paráfrase suassuniana do famoso Salmo que o cego dá início à apresentação do espetáculo, e a tristeza que emana dos versos irá se relacionar, de modo contundente, ao sentimento de exílio — não propriamente físico, mas existencial — vivenciado pelo protagonista Antônio, um homem sem lugar no mundo, enjeitado quando criança e adotado a contragosto por Nestor, a pedido de sua falecida esposa.

Do ponto de vista formal, trata-se de uma tragédia em regra, construída a partir das clássicas unidades de lugar, tempo e ação, e com uma ambiência trágica que paira rigorosamente sobre todo o desenrolar da trama — sobre toda aquela "noite esquisita", carregada de sinais de mau agouro. Suscitada já nas estrofes que abrem a encenação, cantadas à luz de uma vela, essa ambiência trágica intensifica-se a cada diálogo, culminando nos versos que encerram o espetáculo, o belíssimo poema em decassílabos heroicos que começa e termina com o mesmo verso, "alguém morreu na estranha madrugada" — poema, aliás, que chegou a ser publicado na revista *Quixote*, do Rio Grande do Sul, em fevereiro de 1949.

Partindo de uma guerra de proporções locais e consequências relativamente modestas, o autor consegue fazer de sua peça, de fato, um contundente libelo contra todas as guerras, um grito, em suas próprias palavras, contra a guerra em si mesma, num tempo em que o mundo inteiro ainda procurava se recuperar do trauma sofrido com a Segunda Guerra Mundial, o conflito até hoje mais violento de toda a história humana, terminada havia apenas três anos.

Encontra-se aí, sem dúvida, o elemento de supratemporalidade que faz de *O Desertor de Princesa* uma peça atual e necessária. Qualquer que seja a guerra, de um modo geral, os líderes políticos e os oficiais de alta patente, abrigados em seus palácios, quartéis e postos de comando, limitam-se a dar ordens, e muito provavelmente morrerão com a idade avançada e o peito cheio de medalhas; os jovens soldados, nas frentes de batalha, matam e morrem — o que nos é lembrado, na peça, pela fala sempre lúcida da personagem Maria, em diálogo com o Capitão Souza. O soldado que se recusa a cumprir o seu papel vira um desertor, e logo será condenado à pena capital, para que seu mau exemplo não contamine a tropa.

A deserção de Antônio não é motivada por nenhum tipo de individualismo, e muito menos por covardia. Advinda de uma tomada de consciência política, que lhe faz pensar no outro como em si mesmo, a decisão de desertar somente poderia ser levada à frente por um homem extremamente corajoso, em tudo ciente de que trilhava um caminho sem volta, pois sabia que dificilmente poderia fugir e que todo desertor, uma vez capturado, seria imediatamente morto, sem julgamento nem compaixão.

Antônio deserta da guerra para não desertar de sua humanidade.

Recife, 21 de março de 2022.

PERSONAGENS

Cego

Maria

Nestor

Capitão Souza

Antônio

Sala de casa de pequeno proprietário sertanejo, na cidade de Taperoá. Dando para um quarto, uma porta que, quando está aberta, deixa ver uma vela sobre uma mesinha, única luz quando o pano abre. O resto são paredes grossas, alvíssimas, com portas em forma de arco romano, inclusive uma que dá para um corredor, o qual se perde para o interior da casa. Quando o pano abre, o CEGO está sentado no chão, no centro da cena, quase no proscênio, com uma cuia de dinheiro e um bastão ao lado e com uma viola na mão. Usa um chapéu de feltro vermelho de grandes abas e alpercatas. Enquanto dedilha levemente a viola, recita:

CEGO

Junto ao rio e junto ao mar,
foi ali que me sentei
e que me pus a chorar
me lembrando do sertão.
Nos galhos da gameleira
pendurei minha viola:
os que me mantinham preso
exigiam que eu cantasse,
pra beber minha alegria.

E diziam: "Canta, cego,
as cantigas do sertão!"
Mas eu, com pena de mim,
cego e preso junto ao mar,
respondia: "Como posso
cantar as canções de Deus,
sangue do meu coração,
aqui, preso, em terra estranha,
longe do sol do sertão?"

Eita, velha terra cheia de sol, toda embebida de sangue! É de noite ou de dia? *(Canta:)*

Morreu alguém hoje à noite,
morreu sem se lamentar.
Corpo de mulher ou homem?
Logo o povo saberá.
As estrelas o cravaram,
mas há de ressuscitar.

Deus do céu fez este mundo
com tudo o que nele tem.
Primeiro formou o sol
e a terra embaixo também,
tudo é no poder de Deus,
fora dele mais ninguém.

Morreu alguém hoje à noite.
Quantos foram? Quem será?
Quantos foram não importa,
mas quem foi importará.
A vida já foi sangrada,
a morte é quem vai cantar.

Alguém virou-se na cama
sentindo a morte passar.
Outro gritou, mas o vento
esse grito há de apagar.
Morreu alguém hoje à noite,
morreu sem se lamentar.

A luz se apaga e quando se reacende o Cego tem desaparecido. Entra Antônio, correndo, com ar de quem vem sendo perseguido. Está vestido com a farda usada pela polícia paraibana em 1930, mas está sem as perneiras, sem o quepe e o dólmã está todo esburacado, coberto de manchas e de poeira. Ele entra na sala mas, de repente, ouvindo fora uma tosse de homem e vendo uma luz que se aproxima, esconde-se, aterrorizado, atrás de um móvel. Entra Nestor, com uma vela pregada num pires. Ele entra, passeia pela sala olhos que não veem nada, pois está com o pensamento longe; vai à porta, abre-a, entra no quarto, substitui a vela que está lá, quase acabada, pela sua, volta à sala e, colocando o toco de vela que trouxe do quarto diante de si, encosta a cabeça sobre o braço na mesa e põe-se a soluçar. ANTÔNIO *aproveita isso, esgueira-se e entra no quarto da vela, onde se esconde. Entra* MARIA.

MARIA

Venha, meu pai! O senhor já substituiu a vela: é preciso descansar.

NESTOR

Não, tudo está perdido. Agora que meu filho morreu, que descanso posso ter?

MARIA

Não diga isso, pai!

NESTOR

Digo! Digo, porque é verdade. Nunca mais essa noite se acaba!

MARIA

Talvez a madrugada mude tudo, com o vento e com as estrelas! Não era assim que o senhor falava quando eu e Amaro éramos pequenos?

NESTOR

    Naquele tempo as balas não tinham atravessado o corpo dele. Agora atravessaram, no sol e na poeira. Chegou mais alguma notícia?

MARIA

    O presidente João Pessoa disse que vai mandar um avião bombardear Princesa e que agora o coronel José Pereira se entrega.

NESTOR

    Se entrega! Em Tavares todos viram como é que ele se entrega! Diziam que Princesa seria tomada em dois dias! Já faz mais de três meses que a polícia luta e ainda não conseguiu passar nem de Tavares. Tavares, aquele inferno! Você já esteve lá, Maria?

MARIA

    Não, meu pai.

NESTOR

    É verdade, quando passei lá você não era nascida! É um lugar amaldiçoado, todo cercado de pedras. Só é o que tem lá, pedra e sol. O Batalhão Provisório do governo está no povoado e os cangaceiros de José Pereira cercaram tudo. Ficam lá, escondidos nas pedras, atirando sem pena!

MARIA

>Não fale mais nisso, meu pai!

NESTOR

>Que é que adianta não falar? O que tinha de acontecer, aconteceu. O homem disse que Amaro foi mandado buscar água na cacimba. Dizem que ele já ia voltando com o balde d'água quando a bala dos cangaceiros o pegou. E ele caiu, com a cara na poeira!

MARIA

>Quem sabe se não foi notícia errada, pai? As histórias que chegam de lá são tão confusas! Quem chega aqui é ferido, está assombrado, com medo de morrer, vê gente de Princesa em todo canto! Como é que ele sabe que o Amaro que morreu era o nosso? Pode não ter sido meu irmão!

NESTOR

>Pode não ter sido como? Então Antônio, criado com Amaro, ia se enganar? Não foi ele quem mandou o recado pelo homem ferido?

MARIA

>Pode não ter sido para nós o recado que ele mandou!

NESTOR

>Não, eu sei que foi Amaro quem morreu! É com isso que não me conformo. Antônio, esse desgraçado que

não tem ninguém por ele, que não tem nem família, criado por nós desde pequeno apesar de ter o sangue ruim que tinha, esse escapou, enquanto meu filho, tão moço, tão alegre...

Maria

Não diga isso, meu pai. Por que falar assim de Antônio, que só tem a nós no mundo? Eu ainda espero. Essa briga acaba e espero que pelo menos ele volte, já que meu irmão morreu, como o senhor diz.

Nestor

Essa briga não acaba nunca! E mesmo que acabe, que é que adianta? Meu filho nada mais poderá fazer. Os fuzis atravessaram o corpo dele, no sol e na poeira. Que noite escura!

Maria

Se fosse tudo como antigamente, nós quatro já estávamos dormindo. De madrugada, saíamos. Nós dois, para tirar o leite das vacas, Antônio e Amaro para cuidar da terra e do roçado.

Nestor

A terra em que meu filho se encontra agora não será mais lavrada. Só passam por ela agora as alpercatas dos cangaceiros e as botinas dos soldados.

MARIA

Os cangaceiros! Meu pai fala assim, mas a culpa da morte de Amaro foi da polícia.

NESTOR

Por que você diz isso?

MARIA

Foi ela quem levou Antônio e Amaro para a luta de Princesa, foi ela que se enfurnou em Tavares. Se não fosse tudo isso, meu irmão não tinha morrido. Tanto que eu pedi a ele que não fosse! Não sei por que, mas estava achando aquilo tudo tão ruim... Nossa família nunca tinha tido ninguém na polícia!

NESTOR

A culpa foi de José Pereira e de Antônio. De José Pereira porque se revoltou contra o governo. De Antônio porque foi ele quem inventou de se alistar no Batalhão Provisório. Não foi esse enjeitado desgraçado quem inventou de ser macaco? Foi isso o que influiu meu filho para se meter nessa briga amaldiçoada.

MARIA

Pai, Antônio não tinha outra coisa para fazer. Desde pequeno que ele sabia que não era seu filho. Quando apareceu essa oportunidade de ganhar a vida dele só, tinha que aproveitá-la.

NESTOR

Então, que fosse! Para mim, era até bom que Antônio saísse daqui de dentro. Ainda hoje me arrependo de ter deixado sua mãe criar aquele enjeitado! Ele tem sangue ruim, é ingrato e duro. Mas como foi enjeitado numa Sexta-Feira da Paixão, fiquei com medo de recusar o menino. Agora, minha paga é essa, meu filho morreu por causa dele. Chegaram mais feridos do tiroteio?

MARIA

Não, mas passou uma coluna de soldados que vai para o Piancó, para cercar Princesa pelo outro lado. São muitos, agora. Cada vez que o capitão Costa passa, leva um bocado. Coitados, com a seca vão procurar dinheiro onde o governo paga certo!

NESTOR

O que encontram é a morte, com a cara na poeira. Mas eles que se danem: a mim, só interessa aquele que saiu daqui.

MARIA

É preciso pensar nos outros, pai.

NESTOR

Nos outros da polícia?

MARIA

Sim, e nos do outro lado também. Será que eles são mesmo tão ruins como o governo diz?

NESTOR

Não sei nem quero saber. Não tenho mais ninguém.

MARIA

Nós ainda temos Antônio, pai. Foi criado aqui, é alguém por quem pedir. Eu rezo por ele.

NESTOR

Sim, é alguém por quem pedir... principalmente sendo você quem reza.

MARIA

Por que o senhor diz isso?

NESTOR

Por nada. Que noite esquisita!

MARIA

Esquisita, sim. De vez em quando sinto um calafrio, como se a casa estivesse cheia de asas.

NESTOR

A luz vai e vem, como se coisas ainda piores estivessem para acontecer. Ontem, à meia-noite, pararam o tiroteio de Tavares, porque era o dia da morte de Nosso Senhor. Mas será que já recomeçaram a atirar?

MARIA

Talvez. Faz três dias que a madrugada começa desse jeito esquisito.

NESTOR

E isso a gente sabendo que está na Sexta-Feira da Paixão! Com essa briga, hoje, amanhã, todos os dias são iguais. Se fosse antes de começar esse cerco maldito de Princesa, poderíamos ter certeza de que era um dia de paz em que não se matam nem os pássaros.

MARIA

É verdade. De que adianta essa trégua? Param de matar porque é o dia da morte de Deus e no outro dia começa tudo de novo, mal chega a madrugada.

NESTOR

Há uma espécie de nevoeiro cobrindo tudo. Até a Serra do Pico vai amanhecer coberta.

MARIA

Todos nós estamos isolados uns dos outros. Estamos inteiramente sós, separados pela luta, pela morte, pelo medo. Mas nós temos que viver, meu pai. Eu espero.

NESTOR

Espera? Por quem?

MARIA

    Por aquele que há de vir tomar o lugar de Amaro.

NESTOR

    O lugar de Amaro nesta casa ninguém toma. Está ali, com a vela acesa, para que saibam disso. Quem poderia ocupar o lugar dele?

MARIA

    Se o senhor fosse agora como era antes, saberia sem que eu precisasse dizer.

NESTOR

    Eu sei. Você quer falar de Antônio. Você pensa sempre nele! Desgraçada! Seu irmão morto e você pensando naquele desgraçado, farejando homem como sempre viveu! Mas você está muito enganada, a morte chega para todo mundo.

MARIA

    Está bem, eu sei. O que eu não sabia era que o senhor tinha mudado tanto!

Soam batidas na porta.

NESTOR

    Você ouviu? Estão batendo. Quem será a estas horas?

MARIA

Seja quem for, prefiro que venha a ficar sozinha, com o senhor, até que amanheça.

NESTOR

É melhor não abrir, pode ser algum dos que desertaram. Dizem que estão atacando as fazendas.

MARIA

É melhor que o senhor vá, pode ser alguém que tenha vindo de Tavares e traga notícias.

Entra o CAPITÃO SOUZA, de farda, sem polainas, com calça cáqui comum, alpercatas, chapéu de pano com enormes abas e lenço vermelho ao pescoço.

CAPITÃO

Boa noite. A porta da rua estava aberta, por isso entrei.

NESTOR

Quem é o senhor? Que veio fazer aqui em minha casa? É cangaceiro de Princesa?

CAPITÃO

Por que pergunta isso? Por causa da roupa? A polícia está se vestindo assim, por lá. Você já ouviu falar num oficial chamado Souza?

Nestor

Souza? O tenente Souza?

Capitão

Capitão Souza! Está vendo aí os galões? O tenente Souza foi promovido por ato de bravura e chama-se agora capitão Souza! Foi a entrada da polícia em Tavares que me deu o terceiro galão. É por isso que não tenho nada contra José Pereira, os cabras dele foi que arranjaram minha promoção.

Nestor

Que veio fazer o senhor em minha casa, a essas horas?

Capitão

(Irônico.) Mais um que não sabe! Ninguém sabe de nada, aqui em Taperoá! Em toda casa que se entra, tudo calado. É melhor deixar de conversa e contar logo tudo. Onde está esse peste que o senhor escondeu?

Nestor

Capitão, não sei nem do que se trata!

Capitão

Não acredito, porque todo mundo na rua sabe.

Nestor

É que faz três dias que não saímos. Desde que recebemos a notícia.

Capitão

    Que notícia?

Nestor

    Meu filho foi morto no cerco de Tavares.

Capitão

    De que lado, velho? Responda sem mentir, porque se mentir eu descubro e você se arrepende.

Nestor

    Era do Batalhão Provisório, do lado do presidente João Pessoa.

Capitão

    Ah, então é o senhor o homem de quem me falaram. Desculpe, estou aqui a serviço da coluna e ainda não conheço direito o povo do lugar. É uma grande honra conhecer a família desse soldado.

Nestor

    Agradeço muito.

Capitão

    Não sei como andam as coisas lá pela Paraíba, mas o presidente está fazendo uma subscrição para as famílias dos mortos. O senhor podia escrever uma carta...

NESTOR

Obrigado. Minha terra é pequena e o gado é pouco, mas dá para vivermos sem receber dinheiro pelo sangue de meu filho.

CAPITÃO

Lamento ter vindo incomodá-lo a estas horas, mas não tem outro jeito. Sigo amanhã para Patos e o tempo que tenho é pouco para revistar todas as casas.

NESTOR

Eu compreendo.

MARIA

Mas afinal, que foi que o trouxe aqui? Revistar as casas? Houve alguma coisa?

CAPITÃO

Um desertor que meus homens pegaram na catinga e que vinha preso conosco conseguiu escapar na estrada, pouco antes de chegarmos aqui. Ele fugiu de Tavares, e eu o peguei por acaso, no mato.

MARIA

O senhor pensa que ele veio aqui para a rua?

CAPITÃO

Ele é de Taperoá, naturalmente veio para estes lados.

MARIA

De Taperoá? Da rua, ou de alguma fazenda?

Capitão

    Isso não sei. Mas sei que ele fugiu e deve estar por aqui.

Nestor

    O senhor veio a Taperoá só para prendê-lo?

Capitão

    Não, vim para recrutar mais gente para o Batalhão Provisório.

Nestor

    Mais gente ainda? Para quê? O jornal não deu que o governo está ganhando e a briga acaba já?

Capitão

    Sim, o jornal deu e o governo está ganhando, mas aqueles cachorros parece que aumentam cada dia. Mas essa busca do desertor é uma coisa de que faço questão. Quero prendê-lo de qualquer jeito.

Maria

    Para quê? Vai mandá-lo para a Paraíba?

Capitão

    Isso você verá, moça, assim que eu o prender. Tenho ódio dos que desertam. Ele será procurado por minha coluna inteira, pedra por pedra, nesses serrotes, aqui de cabeça abaixo.

Maria

> Como um cachorro doente, coitado. E tudo isso somente porque desertou!

Capitão

> Somente porque desertou? Acha pouco, moça?

Nestor

> O senhor não entendeu, ela queria somente saber se o único crime dele foi esse.

Capitão

> Terá sido somente por isso mesmo que ela perguntou? Os outros soldados estão lá, em Tavares, com o governo, aguentando o diabo por causa do presidente. Esse correu, fazendo o jogo dos sacanas que estão contra ele.

Maria

> Não é fácil saber quem está com a razão. Principalmente do jeito que as coisas andam.

Capitão

> O quê, moça? O que é que você está me dizendo?

Nestor

> O senhor não faça caso, a menina está transtornada. Perdeu o irmão daquele jeito e o senhor sabe como é isso.

CAPITÃO

> Está bem, eu compreendo. Mas é preciso ter cuidado com o que faz e com o que diz. Nem todos são tolerantes como eu e poderiam estranhar o que ela diz contra o presidente João Pessoa. Já houve gente sangrada por muito menos do que isso.

NESTOR

> *(Mudando de conversa.)* Estão procurando em todas as casas?

CAPITÃO

> Estão, meus soldados estão espalhados na rua. Espero encontrá-lo antes do amanhecer. Se é que está mesmo na rua, como penso.

NESTOR

> Talvez esteja pelo mato.

CAPITÃO

> Acho mais certa a vinda dele para uma casa qualquer. Com todos esses dias de fome e sede, deve estar precisando de ajuda.

NESTOR

> Vai ser difícil achá-lo, se ele ficou no mato.

CAPITÃO

>Mandei uma volante dar uma batida pelos serrotes que cercam a cidade. Mas ache ou não ache agora, conto com ajuda para pegá-lo.

NESTOR

>Ajuda? Da polícia daqui da rua?

CAPITÃO

>Os soldados destacados aqui são uns merdas. Que é que podiam fazer além do que faço? Eu conto é com o medo do povo. Estou espalhando em todo canto que quem for pegado escondendo o desertor morre sangrado. E morre mesmo, moça! Assim, ele está perdido. A necessidade de comer e de falar com alguém há de fazer com que ele apareça. Aí, o medo faz o resto e aparecerá alguém para denunciá-lo.

MARIA

>É, o medo. É o que mais se encontra aqui, agora.

CAPITÃO

>Aqui e em toda parte, moça. Não foram eles que quiseram, esses cachorros que são contra o presidente? Iam ganhar a eleição em Teixeira, em Princesa e no Catolé do Rocha. Então é assim? O presidente não podia ficar desmoralizado. Foi por isso que nós invadimos Teixeira e vamos tomar Princesa. Enquanto

houver um cabra vivo do lado de José Pereira, é preciso fazer medo, queimando as cercas, matando o gado...

MARIA

E sangrando.

CAPITÃO

Sim, e sangrando. Mas nesta casa não é preciso lembrar isso.

MARIA

Por quê?

CAPITÃO

Já foi provada a coragem da família.

MARIA

Aqui existe mais medo do que o senhor pode imaginar. E ódio também.

CAPITÃO

Que é que você quer dizer?

MARIA

Pergunte a meu pai, ele sabe melhor do que eu.

CAPITÃO

A seu pai?

MARIA

Sim. E se ele não souber também, vá perguntar a meu irmão, sepultado entre as pedras de Tavares.

Capitão

O que aconteceu com ele, podia ter sucedido comigo.

Maria

Podia mesmo? Quantos oficiais já morreram?

Capitão

Até agora nenhum, mas estão todos lá, cumprindo a obrigação.

Maria

A obrigação deles parece que é sempre mais fácil, porque os que estão morrendo são todos soldados, como meu irmão.

Capitão

Ele morreu do lado do governo, era a obrigação dele.

Nestor

(Apressado.) Era, era a obrigação dele.

Capitão

Com a situação como está, a polícia não pode facilitar. O que esses cachorros querem é provocar a intervenção do governo federal, que não gosta do presidente. Mas antes disso, antes que eles se decidam a fazer essa intervenção, a gente toma Princesa, e quero ver a valentia de José Pereira com meus joelhos nos peitos e a faca na garganta. É por isso que tenho ódio dos que correm, como esse cachorro.

NESTOR

>   Sim, é um covarde, o senhor tem razão.

CAPITÃO

>   Esse, aliás, além de covarde é traiçoeiro como uma cobra. Não gaste sua pena com um cachorro como ele, moça. Para acabar com ela, basta que eu lhe conte o que toda a rua já sabe: antes de abandonar Tavares, estando nas trincheiras, ele matou um soldado pelas costas. Mas hoje à noite ele se encontra comigo e aí nós ajustaremos as contas.

MARIA

>   O senhor vai matá-lo? Tem ordem para fazer isso?

CAPITÃO

>   Moça, dizem que o presidente deu ordem ao tenente Ascendino quando ele tomou Teixeira. Qualquer pessoa da família Dantas que ele encontrasse de armas na mão, podia matar. Não sei se isso é verdade ou não, mas por mim nunca perguntei a ninguém o que podia fazer ou não: vou fazendo. Só lamento é não ter sangrado logo esse peste no mato, quando o pegamos. Era o que ia fazer, mas o tenente Câmara, que vinha comigo, me convenceu que era melhor trazê-lo aqui, para que a morte dele servisse de exemplo. Fraquejei e o resultado é que ele fugiu.

MARIA

>Matar... O senhor acha pouco as mortes que estão acontecendo em Tavares?

CAPITÃO

>Não sei. O que lhe digo é que, mesmo que eu quisesse perdoá-lo, não conseguiria: meus soldados estão loucos para sangrá-lo. Bem, meu tempo é pouco, tenho que ir saindo. Quero avisá-los: esconder o desertor é crime contra o governo, e não denunciá-lo também.

NESTOR

>Pode ficar descansado, capitão, se ele aparecer, eu denuncio.

CAPITÃO

>Ele talvez já esteja aqui dentro da rua. Mesmo que ainda esteja pelo mato, porém, a recomendação fica feita. Vou para Patos de manhã, mas aqui tem polícia. Se ele aparecer na minha ausência, o senhor sabe onde é o quartel: vá lá e denuncie o homem. Na minha volta, vou apurar tudo direitinho. Com licença.

Sai.

MARIA

(Amarga.) Está aí, eu com tanta esperança, quando ele bateu... Era isso que devia esperar.

NESTOR

Não é uma pessoa, afinal de contas? Pelo menos serviu para conversar um pouco, nessa noite escura, conosco de quem todos se afastam. Quem tem morto na família tem de se conformar com isso: é como quem está com bexiga, o povo fica com medo de pegar aquela peste e se afasta de nós. Esse, pelo menos, veio.

MARIA

Quem, esse assassino? Todo mundo sabe quem é ele, meu pai. Nunca viria se fosse só para ver-nos. O que ele quer é matar. Não é nada de governo nem de José Pereira. Esse é dos tais que entram nessas brigas só para matar. Todo mundo sabe o que ele tem feito com a polícia, roubando, incendiando, sangrando os do outro lado... O senhor não viu ele mesmo falar nisso?

NESTOR

Você está vendo coisas demais.

MARIA

Pode ser. Mas ele disse que vai sangrar o desertor.

NESTOR

    Aí, está somente cumprindo a obrigação dele.

MARIA

    Que espécie de obrigação é essa que manda matar? É isso o que o padre ensina? É isso que está no catecismo que minha mãe me ensinou, meu pai? Podem dizer o que disserem, não entendo nunca essas mortes, essa brutalidade, essa violência, todo esse sangue no sol e na poeira.

NESTOR

    E não foi o que fizeram com meu filho? Amaro foi morto, é isso o que eu sei. O resto não me importa.

MARIA

    Pois é por isso mesmo que eu não estou com eles.

NESTOR

    Com eles quem?

MARIA

    Com o capitão e com os outros que levaram Amaro no batalhão.

NESTOR

    Como é que você pode dizer isso? São eles que vão vingar a morte de seu irmão!

MARIA

> Antes o senhor era contra a luta, fez tudo para Amaro não ir porque achava que o governo não podia ter invadido Teixeira.

NESTOR

> Isso foi antes. Agora, o que me interessa é que a polícia é quem vai vingar a morte de seu irmão.

MARIA

> Como?

NESTOR

> Matando! Matando e quanto mais melhor, para meu filho não ficar sozinho!

MARIA

> Para nós, o que é que adiantam essas mortes?

NESTOR

> Não sei, mas é assim que me sinto e não quero mais esconder.

MARIA

> O senhor mudou tanto, meu pai!

NESTOR

> Não fui eu só que mudei, tudo mudou desde que mataram meu filho e que começou essa briga amaldiçoada. E se esse desertor aparecer aqui...

MARIA

> O senhor tem coragem de dar a denúncia? É assim agora, entre os sertanejos e a polícia?

NESTOR

> Esse cachorro fugiu, enquanto os outros estão lá em Tavares, com as balas, o sol e a poeira!

MARIA

> É preciso ter pena dos outros também, meu pai.

NESTOR

> Não tenho pena dum covarde como esse. Ele matou um companheiro pelas costas.

MARIA

> Como é que o senhor sabe que não é mentira do capitão? Eles inventam sempre essas histórias quando querem sangrar alguém.

NESTOR

> Pois então lhe digo que para eu denunciá-lo basta ele ter fugido, deixando os outros naquelas pedras amaldiçoadas. Diga o que quiser, mas é o que eu sinto. E se esse covarde aparecer por aqui... eu o denuncio.

MARIA

> Pois faça, deixe seu ódio correr à vontade.

NESTOR

>Eu o denuncio para que ele tenha a mesma sorte dos que ficaram em Tavares.

MARIA

>É, meu pai, você mudou muito.

NESTOR

>Pelo menos numa coisa: agora sei o que quero e tenho alguma coisa a fazer para vingar a morte de meu filho. O capitão disse que tinha encontrado a porta aberta?

MARIA

>Disse.

NESTOR

>É preciso correr a casa, antes de fechá-la. Vou ver a porta de trás e as dos quartos.

MARIA

>*(De costas para ele, tentando dissipar o mal-estar.)*
>Então veja logo aqui no quarto de Amaro.

NESTOR

>Aí eu já estive agora, para mudar a vela. Não tem ninguém e a janela está trancada. Fique aqui, eu volto já.

Entra para o interior da casa. ANTÔNIO aparece à porta do quarto da vela. MARIA recua, com a mão tapando a boca, e ajoelha-se.

MARIA

> Amaro, meu irmão! Jesus Cristo tenha pena de sua alma!

ANTÔNIO

> Amaro morreu, Maria, e sua alma está em paz. Sou eu!

MARIA

> Antônio!

ANTÔNIO

> Quer dizer que não estou tão mudado quanto me sinto... Então ainda dá para você me conhecer?

MARIA

> Eu nunca o esqueci. Mas não é só você quem se sente mudado, muita coisa mudou. Só a casa ainda é a mesma, como você está vendo.

ANTÔNIO

> É, alguma coisa deve ter ficado. É pena que eu não seja mais capaz de ver o que foi.

MARIA

> Talvez eu possa lhe mostrar isso, ainda hoje.

ANTÔNIO

> Hoje? Você fala de um jeito tão estranho... Por quê?

MARIA

> Não sei, estou com a cabeça apertada! Numa noite como essa, tudo pode acontecer. Quando foi que você chegou?

ANTÔNIO

(Vagamente.) Faz alguns dias que saí de lá.

MARIA

E demorou pela estrada? Por que não veio logo para casa?

ANTÔNIO

Por nada.

MARIA

Você foi ferido?

ANTÔNIO

Não.

MARIA

E deram licença a você? *(Compreendendo.)* Antônio, é você? É você o homem que estão procurando?

ANTÔNIO

Sou eu, sim. Procurado como um cachorro. Eu desertei.

MARIA

Tinha de ser você. Eu sabia, tinha de ser você!

ANTÔNIO

(Amargo.) É, tinha de ser o companheiro, o irmão de criação do valente, o enjeitado que nunca teve lugar no mundo.

MARIA

> Por que você fala assim? Você sabe que não foi isso o que eu quis dizer! Meu pai viu você, Antônio?

ANTÔNIO

> Não.

MARIA

> Ele estava aqui, quando você veio.

ANTÔNIO

> É verdade, mas eu me escondi dele.

MARIA

> Por quê? Você não confia nele?

ANTÔNIO

> É que eu não queria ver ninguém antes de ver você. De qualquer maneira, que é que me adianta? Eu vou ser pegado. Foi o capitão que esteve aqui, não foi?

MARIA

> Foi.

ANTÔNIO

> Ouvi o que ele disse, ouve-se tudo ali do quarto.

MARIA

> Ele faz questão de matá-lo. Fuja, Antônio, fuja enquanto é tempo. Alguém termina denunciando você!

ANTÔNIO

> Não adianta, de qualquer maneira estou exausto, estou no fim e não aguento mais. *(Cambaleia. Maria corre para ele.)* Deixe! Não quero ajuda de ninguém!

MARIA

> Você andou muito pelo mato?

ANTÔNIO

> Mais do que você imagina. De Tavares até aqui é longe, mas além disso eu tinha que correr pelo mato, por causa das volantes. E sempre a pé, entre os espinhos, no sol e na poeira, até aqui. Andava até que o ar me faltava. Quando não podia mais, caía. A terra da catinga é tão dura e quente que você nem imagina, Maria. E está toda embebida do sangue dos que mataram.

MARIA

> Você precisa descansar, venha.

ANTÔNIO

> Não, prefiro ficar aqui, ainda um pouco. Faz não sei quantos dias que não converso com ninguém. Eles me prenderam, Maria, mas eu sou duro de cair e consegui escapar.

MARIA

> Eu sei, o capitão nos contou.

ANTÔNIO

> Depois que fugi é que foi o pior. Correr na catinga de dia, era ruim. Mas de noite, fica tudo isolado. Só se ouvem os passos da pessoa que anda, e, atrás, aqueles olhos amaldiçoados.

MARIA

> Você se arrisca muito, ficando aqui.

ANTÔNIO

> Eu sei, mas não tem outro jeito.

MARIA

> Então, é preciso pelo menos se esconder. Alguém pode avistar você e denunciá-lo. Se o capitão desconfiar...

ANTÔNIO

> O capitão... Você não sabe quem é ele, Maria. Esse desgraçado foi queimado pelo sol do diabo. Você duvida? Olhe com cuidado e talvez possa ver o sangue em torno dele.

MARIA

> O sangue?

ANTÔNIO

> Sim, é o sangue dos mortos. Vai se juntando na roupa dos que matam. Veja: estou todo sujo de sangue!

MARIA

>Você também?

ANTÔNIO

>E então? Eu também. Quando o sol batia de tarde, nas trincheiras, era insuportável, o sangue dos mortos escurecia tudo e espalhava por todo canto seu cheiro de faca enferrujada. Não pude suportar mais. Todos nós estamos assim.

MARIA

>Eu sei, mas venha descansar.

ANTÔNIO

>O jornal fala, os homens lá na Paraíba falam, o presidente fala, dizem que tudo está certo, mas eu que estive lá, eu, Maria, lhe digo que aquilo é uma polícia de assassinos. Pode ter um ou dois no meio, um ou dois que prestam, o capitão Irineu é um deles. Mas esse que veio cá é um assassino. Vi quando ele sangrou um homem que tinha sido preso, Maria. Posso mesmo dizer que tomei parte na morte.

MARIA

>Você?

ANTÔNIO

> Sim, e então? O que foi que eu fiz? Fiquei ali parado, com a vista escura e com vontade de vomitar, mas não fiz nada. E você sabe a impressão que me ficou?

MARIA

> Não.

ANTÔNIO

> Foi aí que o sangue começou a pegar na minha roupa. O pior é que o povo parece que adivinha que o sangue está ali; em todo canto que se chega ninguém olha para a gente. Baixam a vista e saem, com a cara que parece de pedra. Aí foi que começou o barulho de Tavares. Com um dia de cerco, os cangulos abandonaram as casas e a gente entrou na rua, com a corneta tocando. Tudo estava parecendo muito fácil, mas foi então que eles voltaram e nos cercaram lá dentro. Tem gente na polícia que diz que a fuga deles foi feita de propósito, para nos pegar dentro daquela ratoeira de pedra. Não sei, mas cercaram Tavares e a polícia ficou lá, presa, debaixo dos tiros dos cangaceiros que ficam nos serrotes, por trás das pedras. Lá só tem uma cacimba, Maria. Para ir buscar água era um inferno, todo dia morria gente.

MARIA

> Foi assim que Amaro morreu?

ANTÔNIO

> Foi. E foi aí que tudo foi ficando cheio de sangue. A briga não era nada, mas a morte do homem sangrado não me saía da cabeça. Eu sempre tive ódio da brutalidade, Maria. E o pior é que parece que a brutalidade não tem jeito nesse mundo.

MARIA

> Por que você diz isso?

ANTÔNIO

> Desde pequeno que eu sofro com a brutalidade, e agora, lá em Tavares, vi que não tem jeito para ela. Para acabar a brutalidade, a gente tinha que sangrar todos os brutos da qualidade do capitão. Mas aí a gente ficava como eles, com a roupa cheia de sangue.

MARIA

> Foi por isso que você... veio?

ANTÔNIO

> Foi, por isso e por causa do homem que sangraram. Espere! Você ouviu alguém bater?

MARIA

> Ouvi. Parece que foi numa janela, lá dentro.

ANTÔNIO

    Quem terá sido?

MARIA

    Meu Deus, será o capitão?

ANTÔNIO

    Vá ver. Talvez seja seu pai!

MARIA

    Entre no quarto de Amaro. Se meu pai avistar você, fuja. Eu lhe digo o momento de sair!

Sai. ANTÔNIO fica no quarto, com a porta aberta, de faca na mão. MARIA volta.

MARIA

    Não há ninguém lá fora. Foi o vento batendo numa persiana.

ANTÔNIO

    Como é que você sabe?

MARIA

    Ela estava aberta e eu fechei.

ANTÔNIO

    E seu pai?

MARIA

> Deve estar no quarto dele, deitado. Lá dentro não há ninguém.

ANTÔNIO

> Está bem. O que foi que você quis dizer, quando disse que eu devia fugir se seu pai me avistasse?

MARIA

> Tenho vergonha de lhe confessar isso, Antônio, mas é que meu pai pode denunciar você.

ANTÔNIO

> É possível? Foi ele quem me criou.

MARIA

> Ele está mudado.

ANTÔNIO

> Desde quando?

MARIA

> Desde que começou tudo isso e vocês foram no batalhão. Mas tudo piorou depois que ele soube que Amaro tinha morrido.

ANTÔNIO

> Eu compreendo. Comigo aconteceu a mesma coisa.

MARIA

> Com ele não foi do mesmo jeito não, Antônio. Ele está com o sangue cheio de raiva e de dureza.

ANTÔNIO

Eu também estou. Com raiva de todos aqueles que me convenceram de que eu devia me meter nessa revolução, nessa mortandade. Que me fizeram ir para lá, pensando que com aquilo se acabava de vez com o cangaço e com a brutalidade. E o cangaço e a brutalidade, as mortes e a revolução eram a polícia e o governo que queriam. Malditos sejam todos eles!

MARIA

A raiva de meu pai é diferente, é de todos os que ficaram vivos. Você compreende o que significa isso? Se ele encontrar você aqui, vai denunciá-lo ao capitão. Nunca mais ele lhe perdoa ter ficado vivo com Amaro morto.

ANTÔNIO

Não acredito!

MARIA

Eu também não queria acreditar, mas ele mesmo disse isso aqui, antes de sua chegada.

ANTÔNIO

É por causa de Amaro?

MARIA

Acho que sim. Você não viu a vela, no quarto dele?

ANTÔNIO

Vi.

MARIA

Está acesa lá desde o dia da notícia. Quando se acaba uma, ele bota outra. Isso de dia e de noite, e disse que vai ficar assim até morrer. Meu pai está meio doido, Antônio.

ANTÔNIO

Então, tenho que me defender de vocês também... E era aqui que eu esperava descansar! Enfim, que é que se pode fazer? Se é assim, é melhor sair logo e de vez para a rua.

MARIA

Espere, por aí não. É melhor você sair por trás.

ANTÔNIO

Se eu sair por trás, seu pai me vê.

MARIA

Deixe eu ir ver se ele está dormindo. *(Vai sair pelo corredor, mas volta aterrorizada.)* Antônio! Meu pai!

Antes que ANTÔNIO possa fazer qualquer coisa, NESTOR entra, com uma vela na mão.

NESTOR

(Depondo a vela na mesa.) Antônio, você aqui?

MARIA

Chegou nesse instante, meu pai. Veio de Tavares com uma volante.

NESTOR

Você foi ferido?

MARIA

Foi, ligeiramente. Coisa pouca, mas o capitão Irineu deixou que ele viesse.

NESTOR

Você teve licença?

ANTÔNIO

Tive.

NESTOR

Vai demorar?

ANTÔNIO

Somente o que for preciso.

NESTOR

Você precisa ter cuidado.

ANTÔNIO

Que há?

NESTOR

    O capitão Souza esteve aqui. Estão procurando um homem que desertou e podem confundi-lo com você.

MARIA

    Não é possível, veriam logo que era engano!

NESTOR

    Você se apresentou no quartel antes de vir para cá?

ANTÔNIO

    Não.

NESTOR

    É melhor que você se apresente ao capitão, para evitar desconfiança dele.

ANTÔNIO

    Eu trato disso depois.

NESTOR

    Quando?

MARIA

    Quando amanhecer o dia, meu pai. Antônio chegou agora, está morto de cansaço.

NESTOR

    Você deve dormir no quarto de lá, no de vocês não. O de vocês agora é somente dele. Você estava lá, Antônio?

ANTÔNIO

>Lá onde?

NESTOR

>Na trincheira, na hora em que Amaro morreu?

ANTÔNIO

>Estava.

NESTOR

>Ele morreu na mesma hora?

ANTÔNIO

>Foi. Acho que não soube nem o que aconteceu. Foi melhor assim e não foi ele quem teve a pior sorte.

NESTOR

>Certamente não. Os que fogem, talvez se arrependam depois!

ANTÔNIO

>É, talvez.

NESTOR

>O mato tem muitos caminhos, mas o fogo dos fuzis corta todos eles. Estou dizendo isso dos cangaceiros de Princesa, é claro.

ANTÔNIO

>Eu entendo isso, meu pai.

NESTOR

Não foram eles que mataram meu filho? Não foram eles que se revoltaram contra o governo?

ANTÔNIO

Foram, mas até agora eu só não consegui entender uma coisa: que qualidade de revolta é essa? Diziam que os cangaceiros iam invadir o estado, mas como é que isso é possível, se eles estão lá, na casa deles, e a polícia é que está cercando Princesa? Ia haver eleição em Teixeira e a polícia entrou lá, poucos dias antes.

NESTOR

Era preciso desarmar os cangaceiros.

ANTÔNIO

É o que diziam, mas só se procuram esses cangaceiros nas terras onde moram os que não gostam do governo.

NESTOR

Se você pensava assim, por que entrou no movimento? Por que inventou de sentar praça na polícia?

ANTÔNIO

Que outro tipo de vida podia tentar um enjeitado que nunca teve nada, meu pai? E além disso, eu sabia lá de nada? Só depois, aos poucos, é que fui descobrindo as coisas. E não sou eu somente, em Tavares todo mundo já estava falando, pelas costas dos oficiais.

NESTOR

O que eu sei é que o governo termina ganhando, no fim.

ANTÔNIO

Só se vier tropa do exército, meu pai.

NESTOR

Isso é o que os inimigos do presidente querem. A tropa federal é a favor deles. E é por isso que o presidente nunca permitirá a vinda do exército.

ANTÔNIO

Então o presidente vai perder, porque a polícia não pode com o pessoal de Princesa não, meu pai!

NESTOR

Em Tavares ela ganhou.

ANTÔNIO

Terá ganho mesmo? Está todo mundo desconfiado lá que eles deixaram a polícia entrar de propósito. Ela ficou fechada ali, no meio do caminho, e nunca mais conseguirá nem sequer chegar a Princesa. Mas mesmo que tenha sido vitória mesmo, a da entrada de Tavares, o que foi que adiantou? Os cangulos voltaram, e agora a polícia só faz levar tiro deles e esperar.

NESTOR

Ah, a situação é difícil... Deve ser por isso que tanta gente está desertando. Quantos desertaram?

ANTÔNIO

Não sei.

NESTOR

Não sabe? Você não estava lá?

ANTÔNIO

Estava, mas como é que vou saber? Uns dizem que foram trinta, até agora. Mas outros dizem que foram mais de cinquenta.

NESTOR

Cinquenta! Correndo pelo mato, enquanto os outros ficam lá. De qualquer modo, há muitas maneiras de morrer. A de Amaro foi uma, mas existem outras e o capitão sabe disso.

ANTÔNIO

Que é que o senhor quer dizer?

NESTOR

Nada. Fique aqui. Sua casa é esta, como sempre foi. Maria cuidará de você. *(Pega uma foice a um canto.)*

MARIA

Meu pai!

NESTOR

> Que é?

MARIA

> Para onde vai você?

NESTOR

> As velas se acabaram, vou ver se compro alguma na rua.

MARIA

> Assim, de foice na mão?

NESTOR

> A rua está cheia de soldados, não quero me arriscar.

MARIA

> É melhor deixar que amanheça.

NESTOR

> Não, a vela não sustenta até de manhã e não quero deixar o quarto dele sem luz.

MARIA

> Todas as casas estão fechadas.

NESTOR

> Na farmácia fica gente dormindo. Vou bater lá, sei que eles me atendem. Se aparecer alguém, não abram. Pode ser perigoso para Antônio.

Sai.

MARIA

Agora é preciso fugir.

ANTÔNIO

Você pensa que eu corro perigo?

MARIA

Ele vai avisar o capitão. Saia, Antônio, saia pela parte de trás da casa e corra nem que seja até Cosme Pinto. Lá, peça aos Pimentas, que eles o ajudarão.

ANTÔNIO

Não posso, não quero mais fugir, Maria.

MARIA

É preciso tentar alguma coisa.

ANTÔNIO

Existem muitas maneiras de morrer e o mato está cheio de fuzis, como ele disse. Assim...

MARIA

Se você ficar, é a morte certa.

ANTÔNIO

E lá fora? Talvez seja mais certa ainda e, além disso, vou ficar sozinho de novo, ouvindo meus passos na madrugada e vendo por toda parte os fuzis que me olham.

MARIA

    E se você não fosse só?

ANTÔNIO

    Se eu não fosse só?

MARIA

    Se eu fosse com você, você ia?

ANTÔNIO

    Se você fosse comigo... para o mato?

MARIA

    Para o mato ou para onde você quisesse.

ANTÔNIO

    É impossível!

MARIA

    Por quê?

ANTÔNIO

    Por que você faria isso?

MARIA

    Você... você não sabe, Antônio?

ANTÔNIO

    Eu não sou seu irmão. Em troca de quê, esse sacrifício?

MARIA

    Em troca de nada. Ou talvez em troca do que você pode me dar.

ANTÔNIO

(Num gesto para o quarto da vela.) Ele?

MARIA

Não, nós dois. O que é que eu posso esperar ainda, aqui? Assim, é melhor para nós sairmos atrás de nossa vida, que quiseram acabar.

ANTÔNIO

Quiseram acabar... Você acha que ainda me resta alguma coisa?

MARIA

É preciso acreditar.

ANTÔNIO

E se eu acreditasse?

MARIA

Você ainda pode?

ANTÔNIO

Se você quisesse...

MARIA

Eu quero. Sempre quis, Antônio.

ANTÔNIO

(Abraçando-a.) Maria!

MARIA

Eu sempre quis!

Antônio

> Você vai comigo?

Maria

> Vou.

Antônio

> A morte pode nos pegar na estrada. É preciso coragem.

Maria

> Com você eu não tenho medo.

Antônio

> É longe. Nós teremos que andar muito, até sairmos do estado e chegarmos a Pernambuco. As volantes estão andando por todo canto.

Maria

> Nós dois podemos escapar.

Antônio

> E seu pai?

Maria

> Que é que meu pai tem ainda comigo? Sou viva demais para ele, agora. Aqui não posso esperar mais nada. Não é só por sua causa que eu vou, Antônio, é por mim também.

Antônio

> Então vamos. Foi isso que eu desejei a vida toda, Maria, sem nunca ter coragem de lhe dizer. Mas, agora,

é você mesma quem me diz. Então, se é assim, tenho coragem de aceitar. Vamos.

MARIA

Deixe eu ir na frente. Vou olhar na rua. Se não houver ninguém, chamo você. Fique no quarto, alguém pode avistar seu vulto pela janela.

ANTÔNIO entra no quarto e MARIA sai, voltando imediatamente, apavorada.

MARIA

Antônio!

ANTÔNIO

Que é? Tem alguém?

MARIA

Não, mas a porta de trás está trancada!

ANTÔNIO

Trancada?

MARIA

Sim, e sem a chave. Foi meu pai. Ele deve ter avistado você antes de vir para cá!

ANTÔNIO

Será possível? Como ele teria feito?

MARIA

Deve ter ouvido sua voz. Levantou-se, saiu. Foi aí que a gente ouviu o barulho, na janela: ele saiu para nos espreitar pelo lado de fora. Voltou, trancou a porta da cozinha e veio.

ANTÔNIO

Todas as janelas dão para a rua. Mas, se não tem outro jeito, vamos sair por uma.

MARIA

É melhor sair pela porta da frente. Se alguém nos avista saindo pela janela, estranha logo. Pela porta, ainda há uma esperança!

ANTÔNIO

A rua da frente é a mais importante, deve estar mais vigiada!

MARIA

Acho que não. Vamos tentar, venha. Espere, é melhor eu ir na frente. *(Sai novamente e volta desalentada.)* Está trancada, também. Meu pai deve tê-la trancado por fora quando saiu.

ANTÔNIO

Então estou perdido!

MARIA

Não, ainda não. Vamos arrombar a porta.

ANTÔNIO

Ele levou a foice.

MARIA

É o único ferro grande que tem aqui, foi por isso que ele o levou! Mas há um pau, na cozinha. Venha, vamos arrombar a porta traseira. Espere. Você ouviu?

ANTÔNIO

Que é?

MARIA

Alguém virou a chave na fechadura da porta. Corra, Antônio.

ANTÔNIO

Para onde?

MARIA

Aqui, entre no quarto de Amaro!

ANTÔNIO tira uma faca do cinturão e entra no quarto da vela, fechando a porta atrás de si. Entra o CAPITÃO.

MARIA

É o senhor? Como conseguiu entrar?

CAPITÃO

A porta estava novamente aberta. Duas vezes na mesma noite.

MARIA

A porta estava fechada.

CAPITÃO

Bem, então foi seu pai que me encontrou e que me deu a chave.

MARIA

Que foi que o senhor veio fazer aqui?

CAPITÃO

Seu pai me disse certas coisas.

MARIA

Certas coisas de quê?

CAPITÃO

Certas coisas a seu respeito. Coisas muito esquisitas, principalmente tratando-se da irmã do soldado que os cangaceiros mataram.

MARIA

Por mais estranho que fosse, é menos estranho do que isso que meu pai fez.

CAPITÃO

Isso que seu pai fez quando?

MARIA

Agora, mandando para cá um homem como o senhor.

CAPITÃO

> O que é que eu tenho de mais, moça? Sou um homem respeitador, sou da polícia e do governo como seu irmão era. Seu irmão... Seu pai me disse que o quarto dele era esse!

MARIA

> *(Tomando-lhe a frente.)* Saia daí, assassino!

CAPITÃO

> Que é isso, moça? É preciso calma, viu? Foi seu pai quem me mandou aqui e eu entro onde quero.

MARIA

> Desculpe, queria somente pedir que não entrasse aí.

CAPITÃO

> *(Entendendo.)* Ah! Pode me dizer por quê?

MARIA

> Era o quarto de meu irmão. Agora, que ele morreu, não queremos que o quarto seja mais aberto. *(Falando para Antônio.)* A não ser para as pessoas que nós amamos.

CAPITÃO

> Está bem, já entendi tudo. Mas quero lhe dizer umas palavras antes de você tomar essa decisão, moça.

MARIA

> Que decisão?

CAPITÃO

    Você sabe melhor do que eu. Olhe, vou lhe dizer uma coisa: quando eu era mais moço, tive que tomar uma decisão dessas. Para continuar na polícia e ser promovido, tive que deixar de lado o homem que me colocou lá. Tomei o lado do governo, porque o governo não pode ser desmoralizado. Olhe em seu redor e veja: por que foi que os dois rapazes daqui se alistaram?

MARIA

    Foi a seca.

CAPITÃO

    Está vendo? Você fala assim com vergonha, mas foi a fome e a necessidade. Com o governo, tudo isso se acaba: é dinheiro certo, porque o governo é certo e tem força. Agora, esses cachorros do outro lado estão querendo desmoralizar o governo. Olhe, vou lhe dizer uma coisa: desde que tomei minha decisão, luto a favor dela, procurando acabar com a resposta dos outros. Era isso que eu estava procurando em Tavares, em Princesa e no mato, quando atiro nos bois, incendeio as cercas ou sangro um cangaceiro qualquer. É por isso que lhe digo que uma dessas respostas que procuro bem pode estar aí, escondida nesse quarto.

MARIA

Não acredito que o senhor encontre nada aí. E se o senhor vive procurando isso, procure primeiro não fazer mal a ninguém.

CAPITÃO

Ah, eu sei... A história da porta estreita e da estrada espinhenta. Minha farda não aguenta essa qualidade de caminho. Meu caminho, moça, é o das facilidades e do governo.

MARIA

Por que o senhor me diz tudo isso?

CAPITÃO

Para preveni-la de que sua hora chegou. Tem uma hora em que é preciso decidir, e a sua chegou.

MARIA

Devo me decidir agora?

CAPITÃO

É. Aliás, você escolheu, antes de minha chegada. Mas fez uma escolha errada, moça.

MARIA

Errada por quê?

Capitão

Você escolheu contra o governo. Mas ainda é tempo de retroceder.

Maria

Que devo fazer para isso?

Capitão

Você deve me entregar a resposta que eu ando procurando.

Maria

E se eu preferir a estrada dos espinhos?

Capitão

Os espinhos podem matá-la. Mas para você eu vou fazer uma exceção e deixar que você mesma escolha.

Maria

É um direito meu?

Capitão

Não, é um privilégio que lhe dou porque você é irmã do soldado morto.

Maria

Deixe em paz os que já morreram!

Capitão

Sim, é verdade. A paz dos que morreram. A gente pode quase sentir essa paz aqui. Devo levar isso em conta, pois até certo ponto justifica o que você quis fazer.

MARIA

Como pode saber que eu quis fazer alguma coisa?

CAPITÃO

Depois que tomei minha decisão e me meti nessa catinga envenenada, moça, fiquei assim com um faro de cachorro, que me avisa de qualquer perigo ou quando estão tramando qualquer agressão à minha facilidade.

MARIA

Sua facilidade?

CAPITÃO

Minha paz de espírito, se prefere dizer assim. Uma paz de espírito a meu modo.

MARIA

Então por que não me mata? Não é assim que o senhor faz sempre? Sua fama já está espalhada, todo mundo sabe que você sangra os que são contra o governo.

CAPITÃO

Era o que eu devia fazer. Mas seu pai é do governo e seu irmão morreu em Tavares. Além disso, como você disse, é melhor deixar em paz os que já morreram. E existe outro motivo para eu querer um arranjo com você. Acho mesmo que seu pai não se importa, senão ele não teria me dado a chave. Não foi o que você disse?

MARIA

Foi.

CAPITÃO

Seu pai sabe quem eu sou e você também sabe. Vou ser o mais claro possível, mas antes de ir adiante quero saber uma coisa. Não se ofenda por eu lhe perguntar isso, mas você ainda é moça? É, pela cara que fez a gente entende logo. Só assim me interessa, uma moça assim, com cara de menina, é uma coisa que me deixa louco. Com essa vida na polícia, nas volantes, tenho vivido num inferno. Aqui mesmo, dormi no quartel, numa rede cheia de percevejos. Está entendendo?

MARIA

Estou.

CAPITÃO

Vou me arriscar muito se vier a esquecer que você fez aquela primeira escolha. Meus soldados sabem que eu estive aqui, e se eu não for duro com você, posso me complicar. O governo não perdoa uma dessa, é capaz de me rebaixar e mesmo de me botar para fora da polícia. Você escondeu o que não deve e tenho que tomar uma atitude forte.

MARIA

Qual? Minha morte?

CAPITÃO

Sim, a sua e a desse que está aí. Mas eu não quero matá-la.

MARIA

E então?

CAPITÃO

É preciso mostrar a meus soldados e ao governo que só não matei você porque você está do lado do governo.

MARIA

O senhor é muito bondoso comigo. Em troca de quê me daria essa oportunidade?

CAPITÃO

Eu já disse. Desde que vi que você era moça, fiquei lhe querendo. Não posso dizer que me caso, porque sou casado. Mas, ficando comigo, você está segura. Não pense que eu deixo você abandonada. Quando voltar de Patos, em vez de ir para o quartel, venho dormir aqui. Todo mundo fica respeitando você, com medo do capitão.

MARIA

    E isso basta para provar que eu estou do lado do governo?

CAPITÃO

    Para mim, basta, mas para o governo, não. Não falta aqui quem queira ganhar prestígio me denunciando. Além disso, os soldados estão aí na rua, esperando. É preciso mostrar a eles também de que lado você está.

MARIA

    Como?

CAPITÃO

    Entregando a mim, na vista de todo mundo, esse desertor que está aí dentro. Vou voltar para a rua, digo que dei a busca e que não encontrei ninguém. Aí, você grita por mim e abre a porta. Agradeça minha bondade, moça. Eu podia sair daqui sem perigo e chamar os soldados, mas seu pai é do governo, seu irmão morreu na polícia e eu quero cama limpa e moça nova quando vier aqui.

MARIA

    O senhor promete... deixar Antônio vivo? Ele podia ficar preso aqui no quartel.

CAPITÃO

Não pode ser não, moça. A situação está muito dura; em Piancó, onde estão os chefes, não querem saber de desculpa nenhuma. Já houve as maiores confusões com o tenente Elias, ele só se saiu bem porque era do governo e a situação é tão ruim que precisavam dele de qualquer jeito. Mas quem me garante que precisam de mim?

MARIA

Está bem, então não tem outro jeito. Aceito o que o senhor me oferece. Vá esperar lá fora.

CAPITÃO

Veja bem, não brinque comigo. De qualquer forma, para ele não adianta nada, a casa está completamente cercada. Por qualquer lado que você tentasse fugir, seria a morte certa. De modo que você não tem outro jeito senão aceitar. Do lado dele, é a morte; comigo, a vida e a segurança. Eu vou esperá-la.

Sai. ANTÔNIO sai do quarto.

ANTÔNIO

Ele sabe de tudo, seu pai me denunciou.

MARIA

    Você estava ouvindo?

ANTÔNIO

    Estava. Ouvi quando você falou nos que podiam entrar no quarto. Os que você ama. Que vai fazer agora?

MARIA

    Você ainda pergunta?

ANTÔNIO

    Claro, tenho que saber. Se eu morrer será por causa disso.

MARIA

    Você devia saber há muito tempo.

ANTÔNIO

    Por quê? Que foi que eu tive na vida para ter obrigação de saber isso? Eu estou corrido da polícia, à beira da morte, e ainda sou o mesmo enjeitado que deixaram ali naquela porta. Você sabe por que eu arrisquei minha vida para chegar aqui? Sabe por que tinha que ser hoje de qualquer jeito?

MARIA

    Não.

ANTÔNIO

    Está vendo? Nem você, que é tão boa, que foi o sonho de minha vida toda, sabe. Hoje é Sexta-Feira da Paixão, Maria, e eu fui deixado aí numa sexta-feira dessa. É o dia dos enjeitados. Hoje pois é meu aniversário. Você e Amaro tinham o dia do nascimento, eu não: o meu, era o dia em que tinha sido deixado na porta.

MARIA

Mas você teve sua casa e sua família.

ANTÔNIO

Sim, tive a minha casa. Mas seu pai, você viu o que ele fez comigo. Quanto a seu irmão, o que o capitão disse é verdade, se bem que ele não saiba por quê. Talvez muitas das perguntas que me perseguem tenham sua resposta aí, no quarto de Amaro.

MARIA

Você achou alguma?

ANTÔNIO

Não sei. Estou cego, agora. O sangue maldito encheu meus olhos também.

MARIA

É preciso que você se limpe de tudo isso, do medo e do ódio. Nós temos que fazer isso logo. Numa noite como essa, temos que aprender a viver depressa.

ANTÔNIO

A viver depressa.

MARIA

E a arriscar-nos. Conformando-nos com a morte, se ela for inevitável. Quanto a meu pai, ele está transtornado, Antônio.

ANTÔNIO

E você pensa que comigo era diferente, antes? Foi ele quem me fez entrar na polícia, porque eu sentia que ele queria se ver livre de mim. Passei toda a minha vida ouvindo palavras duras, dele e dos outros. Os homens são cheios de maldade, Maria, e eu comecei a sentir isso cedo demais. No começo, pensava que todos sofriam a mesma coisa, mas logo depois comecei a ver que havia umas pessoas mais marcadas do que as outras. Os ciganos, os negros, os enjeitados... Eu era um desses. Assim, como é que você pode esperar que eu confie e me arrisque de vez, sem nenhuma garantia sua?

MARIA

O que eu lhe disse não basta? É de mim que você quer a garantia?

ANTÔNIO

É. Somente dada por você é que ela me serve.

MARIA

Está bem. Pergunte então o que quiser.

ANTÔNIO

> O que eu quero saber é uma coisa só, Maria. Você quer aceitar a proposta que o capitão lhe fez?

MARIA

> Não.

ANTÔNIO

> Se você não quisesse, teria dito logo. Nós estamos perdidos e, assim, não havia motivo nenhum para você dizer que ele esperasse. A não ser que você vá mesmo me entregar. Por que você disse isso?

MARIA

> Queria ver você ainda uma vez antes de morrermos.

ANTÔNIO

> Você prefere ficar comigo, mesmo para morrer?

MARIA

> Prefiro, e você devia saber disso sem que eu lhe dissesse.

ANTÔNIO

> Então por que propôs ficar com ele? Você pensa que eu não ouvi? Ele falou com você com aquela voz de cachorro, chegando-se bem para perto e falando quase no seu ouvido. Disse que já que você era moça isso o deixava louco e ele queria cama limpa.

MARIA

Eu não disse que aceitava.

ANTÔNIO

Mas propôs a ele a mesma coisa, se ele nos deixasse vivos. Você não diz nada? É verdade?

MARIA

É.

ANTÔNIO

E é só o que você tem a dizer?

MARIA

Só assim você ficaria vivo.

ANTÔNIO

Boa maneira de resolver tudo! Ele me deixaria solto, mas aqui eu não poderia ficar. Teria que voltar para o mato, como um cachorro, vendo a morte em todo canto, sujeito a ser sangrado pela primeira volante que me pegasse. A única mudança seria então que você estaria aqui, dormindo em cama limpa, respeitada por todo mundo como a rapariga do capitão. Quanto a seu pai, estaria livre de mim para o resto da vida. Era isso o que você queria? Fale, diga alguma coisa! Não nos resta muito tempo. E já que tenho de morrer, quero que pelo menos você me tire da dúvida.

MARIA

> Agora eu tenho também a minha, Antônio, quero também minha garantia. Tem uma coisa que eu preciso saber.

ANTÔNIO

> Que é?

MARIA

> Você matou alguém?

ANTÔNIO

> Matar?

MARIA

> Sim.

ANTÔNIO

> Como é que eu posso saber? Devo ter matado.

MARIA

> Não, eu digo por você mesmo. Não na luta, atirando com os outros. Você matou alguém por sua própria iniciativa? O capitão disse aqui que você matou um soldado pelas costas, em Tavares.

ANTÔNIO

> Você acha que eu matei?

MARIA

Antes, não havia quem me fizesse acreditar nisso. Mas depois do que você acaba de dizer, só você é quem pode dizer se matou ou não.

ANTÔNIO

Então é assim que você acredita em mim! E se eu matei?

MARIA

Eu quero ir com você, mas assim, não.

ANTÔNIO

Você devia vir comigo de qualquer maneira.

MARIA

Não com essa morte pegada na minha roupa.

ANTÔNIO

Que seria uma morte a mais no meio desta sangueira?

MARIA

Eu ficaria na dúvida para o resto da vida.

ANTÔNIO

Pois fique na dúvida, Maria. Estou pronto, pode chamar o capitão. Vá, e pode caminhar à vontade, pela estrada por onde marcha a polícia. Será a melhor maneira de inaugurar sua vida de segurança, ao lado da facilidade e do governo. Vá, chame!

MARIA

    Você acha que eu teria coragem?

ANTÔNIO

    É melhor que tenha. De qualquer modo eu vou sair, assim é melhor que você grite, porque assim pelo menos se aproveita alguma coisa com minha morte. Mas uma coisa eu lhe digo: a dúvida e o sangue estarão sempre com você.

MARIA

    Pare, pelo amor de Deus. Já vi o que significam suas palavras sobre o sangue dos mortos.

ANTÔNIO

    O sangue dos mortos!

MARIA

    O desse soldado que você matou, talvez. E eu que disse a meu pai que você podia tomar o lugar do meu irmão!

ANTÔNIO

    Ah, alguém que substituísse esse que está morto. Você sabe quem era esse morto?

MARIA

    Era meu irmão que morreu sem que eu saiba para quê.

ANTÔNIO

    E você sabe se eu queria tomar o lugar dele? Ele era o filho da casa; eu, o enjeitado. Ele pode ficar com o lugar dele, eu só queria o meu. Se o meu não existe, como acabo de ver, não pense que estou tão arrasado, a ponto de aceitar qualquer coisa em troca dele. Você pensa que me arrasaram, Maria?

MARIA

    Não sei. Pelo amor de Deus, Antônio, que foi que lhe fiz para você me dizer tantas maldades?

ANTÔNIO

    Você devia ver Amaro lá em Tavares, sujo de sangue, matando conformado, esquecido de tudo o que era sua vida.

MARIA

    Você o odiava, então?

ANTÔNIO

    E podia ser de outra forma? Que é que você esperava? Você devia vê-lo lá em Tavares, com sua boca indecente, dizendo sujeiras com os outros, enquanto praticavam suas crueldades. Um dia, saí com ele, numa caravana. Você sabe o que é uma caravana, Maria?

MARIA

    Não.

ANTÔNIO

É curioso, que vi coisas muito piores, como por exemplo o homem que sangraram. Mas de tudo, para mim, foi o que Amaro e os outros fizeram de pior. A gente saiu de tarde e encontrou um rapaz no mato. O cabo disse que ele era dos cangulos de Princesa e o rapaz disse que não. Era dali mesmo de Tavares, tinha corrido com o tiroteio, mas de vez em quando voltava escondido, para vigiar o gado de seu pai, solto ali na manga. Eram só três cabeças, duas vacas e um garrote. Ele pediu que não matassem as três reses, que era tudo o que seu pai tinha. Prometeu que mostraria outras, de gente mais rica, mas não houve jeito. Amaro pegou o fuzil e ali mesmo matou todas três, Maria. O menino chorava de fazer dó, mas todo mundo achou graça. Era desse irmão que você queria que eu tomasse o lugar?

MARIA

Era. Mas, agora, não adianta mais. Pode ir. Você conseguiu o que queria. Destruiu a lembrança dele, e nada me deu em troca.

ANTÔNIO

E que é que eu podia dar? Meu nascimento? O mundo está cheio de gente ruim, Maria, gente que me olhava com olhos de fogo, cegando meus olhos. Sozinho, na escuridão cheia de estradas...

MARIA

Foi preciso escolher o caminho.

ANTÔNIO

Escolher o caminho. Sim, o capitão falou nisso. Como se ele soubesse a agonia que se esconde nisso.

MARIA

A agonia da deserção...

ANTÔNIO

A agonia do enjeitado! Agora, sou eu que não quero voltar. Estou extraviado. Se era assim que Deus me tratava, eu desafiava Deus.

MARIA

Foi essa morte? Você matou mesmo?

ANTÔNIO

Basta que você saiba que foi um desafio. O capitão disse o nome do soldado que eu tinha matado?

MARIA

Não, disse somente que tinha sido um companheiro seu e que a morte tinha sido pelas costas.

ANTÔNIO

(Apontando para o quarto.) E se a morte que eu tivesse feito fosse a dele? Se eu tivesse matado Amaro?

MARIA

>Não pode ser!

ANTÔNIO

>Por quê?

MARIA

>Ele foi morto pelos cangaceiros, quando ia voltando da cacimba!

ANTÔNIO

>Ouviu-se o tiro, Amaro caiu e todo mundo disse que tinham sido os cangaceiros. Mas se tivesse sido um soldado, da trincheira, aproveitando o momento para botar a culpa nos cangaceiros?

MARIA

>Antônio, pelo amor de Deus!

ANTÔNIO

>É outra dúvida que eu lhe deixo para resolver. Você disse que agora eu podia ir. Está bem, eu vou. Mas quero que você saiba que eu me vinguei, Maria. Vinguei-me de tudo, de meu nascimento, dos olhos com que me olhavam desde pequeno, do nome de enjeitado, de tudo. Seu irmão tinha tudo; eu, nada. Mas agora seu irmão está como eu, você já sabe quem era ele e agora ele também não tem mais nada. Quanto a seu pai, estou vingado também. Primeiro, perdeu o que

tinha, e agora, como é que vai viver, junto de você que já sabe que ele também não presta?

MARIA

Ele vai viver muito melhor do que eu pensava. Agora, só me resta me esquecer de você e fazer minha vida com ele, do melhor jeito que possa. Eu não poderia viver com ele antes, por causa da denúncia que ele fez ao capitão. Mas, agora, vejo que ele tinha razão. Você tinha o sangue ruim.

ANTÔNIO

Ah, até que enfim você disse o que eu queria ouvir, Maria. Era isso que eu vinha provocando desde o começo. Eu sabia que, no fundo, você pensava isso, como todo mundo. Queria saber para ter certeza e então me vingar de todo mundo em você, naquela de quem na minha humilhação eu gostava. Você vai morrer, Maria.

MARIA

Morrer?

ANTÔNIO

Será o melhor modo de me vingar de uma vez. Vou matá-la como vingança. É tempo de rezar.

MARIA

A minha alma se afoga no sangue dos mortos.

ANTÔNIO

É o sangue dos mortos que nos espera. Você se lembra da história sagrada? É assim a queda de Satanás. Quando eu estava lá, matando, gostava de imaginar esse anjo negro, todo molhado de estrelas, mergulhando na noite cheia de riscas de fogo. Era isso que eu via quando os fuzis atiravam de noite. E, quando o sol se punha, era no poente vermelho que Deus arrastava suas asas de sangue.

MARIA

Antônio, reze, senão sua alma está perdida!

ANTÔNIO

Ela se perdeu há muito tempo, no dia em que me acharam na sua porta. Junto ao rio e junto ao mar. Foi ali que me sentei e que me pus a chorar, me lembrando do sertão. Nos galhos da gameleira pendurei minha viola: os que me levavam preso exigiam que eu cantasse, para beber a alegria. E diziam: canta, cego, as cantigas do sertão! Mas eu, com pena de mim, cego e preso junto ao mar, respondia: como posso cantar as canções de Deus, aqui, preso em terra estranha, longe do sol do sertão? Bem, chegou a hora de morrer. Está na hora de escolher, o capitão mesmo disse.

Eu vou ter de matar você de faca. Se você gritar, dá tempo: os soldados entram e você escapa. Grite!

MARIA

Não.

ANTÔNIO

Grite, é a última vez que mando, aproveite a oportunidade que lhe dou. Não quero ser menos generoso do que aquele cachorro que também lhe deu uma. Grite!

MARIA

Não.

ANTÔNIO

Então eu vou matá-la. Você quer rezar?

MARIA

Quero.

ANTÔNIO

Então reze. *(Maria se ajoelha e Antônio recita.)*
A noite esconde o frio, e o sangue dos fuzis.
Dentro da noite estendo braços que procuram.
Todo sujo de sangue espero pela aurora,
essa aurora de sol que nunca hei de alcançar.
Meus olhos são de pedra, as pernas vacilantes.
Carrego a luz da morte no peito desgarrado.
O sangue e a luz do fogo me apontam o caminho.
Eu vi coisas demais! Ó, salve-me, Senhor!

(Ele avança para Maria, sem nenhuma dureza. A expressão de seu rosto mudou inteiramente. Estende as mãos para a cabeça dela, como quem vai abraçá-la, mas detém-se, passa as mãos sobre seus cabelos, mas sem tocá-los.) Maria! Tudo o que eu lhe disse de mim é verdade. Mas aquilo que eu lhe contei de Amaro é mentira, ele morreu bom como você sempre conheceu. Se mudou em alguma coisa, foi por causa daquela terra dura, da luta, das pedras e da sede, de tudo aquilo que sufocava a gente. Quero que você saiba disso, antes de morrer. Mas, no resto, o capitão disse a verdade: fui eu mesmo que atirei em Amaro, por causa de tudo o que passei aqui. Adeus! Capitão, socorro!

Fere-a levemente nas costas e sai correndo.

MARIA

Antônio! *(Ouvem-se vários tiros.)* Antônio!

Entram NESTOR e o CAPITÃO.

NESTOR

Maria! Maria!

MARIA

(Abraçando-o.) Meu pai!

NESTOR

Antônio está morto!

MARIA

Eu sei.

CAPITÃO

Nós ouvimos o seu grito. Você está ferida?

MARIA

Antônio ia me matar, meu pai! Com esta faca!

NESTOR

Está vendo, Maria? Eu não lhe disse que ele tinha o sangue ruim? Felizmente tivemos a ideia de cercar a casa, de outra maneira você teria morrido.

MARIA

Como era o nome do soldado que ele matou em Tavares?

CAPITÃO

Em Tavares?

MARIA

Sim, o senhor não disse que ele tinha matado um companheiro pelas costas?

Capitão

Maria, esse cachorro quis matá-la e agora você já sabe que na verdade ele tinha o sangue ruim. Você já sabe que eu tinha razão quando o procurava para matá-lo. Você escolheu o lado certo, de modo que agora posso dizer a verdade: essa história da morte de Tavares não aconteceu não. Eu precisava que o ódio por ele aumentasse, para a denúncia aparecer logo. Além disso, precisava ter alguma explicação, se aparecesse alguém perguntando pela morte dele. Sei que isso é duro, mas se a gente amolecer com os que desertam, a luta de Princesa está perdida, porque não fica mais nem um soldado lá.

Maria

Quer dizer então que ele não tinha matado ninguém?

Capitão

Não.

Maria

Entendo. *(Encaminha-se para a saída.)*

Nestor

Maria!

Maria

Que é, meu pai?

NESTOR

    Para onde você vai?

MARIA

    Quero vê-lo pela última vez. Ele está lá fora?

NESTOR

    Não, aí na porta. Mas talvez seja melhor esperar, você não acha?

MARIA

    Não, deixe, eu quero ir. O senhor tem razão, daqui dá para avistá-lo. Coitado, todo sujo de sangue, ele que tinha tanto horror a isso, à violência e à brutalidade! E tudo isso para ver se era possível eu viver minha vida, esquecendo-o. Antônio, meu amor, se ainda pode, me perdoe pela desconfiança que tive. Como poderia continuar sem você? A faca era sua, me espere que eu já vou!

No limiar da porta, apunhala-se e cai fora de cena.

CAPITÃO

    Moça!

NESTOR

    Maria!

Correm e as luzes se apagam. Quando se acendem de novo, o CEGO está em cena.

CEGO

> Alguém morreu na estranha madrugada.
> Morreu sem lamentar-se inutilmente.
> A noite escureceu sobre a sua alma,
> cravaram-se as estrelas no seu corpo.
>
> Alguém morreu na estranha madrugada.
> Homens velhos torceram-se na cama
> e as colunas de sangue dessa morte
> pesaram sobre a terra adormecida.
>
> Um homem? Uma mulher? A nós que importa?
> A vida debateu-se no silêncio
> e foi por fim tragada pelas águas
> no fogo e no diamante incendiado.
>
> E as colunas de sangue dessa morte
> quebraram-se na aurora contra os muros.

Não houve pranto inútil nem lamentos:
alguém morreu na estranha madrugada.

PANO.

Recife, 18 de abril a 20 de maio de 1948.
Reescrita de 12 a 13 de maio de 1958.

Nota Biobibliográfica
Carlos Newton Júnior

Poeta, dramaturgo, romancista, ensaísta e artista plástico, Ariano Vilar Suassuna nasceu na cidade da Paraíba (hoje João Pessoa), capital do estado da Paraíba, em 16 de junho de 1927. Filho de João Urbano Suassuna e Rita de Cássia Vilar Suassuna, nasceu no Palácio do Governo, pois seu pai exercia, à época, mandato de "Presidente", o que correspondia ao atual cargo de Governador. Terminado seu mandato, em 1928, João Suassuna volta ao seu lugar de origem, o sertão, fixando-se na fazenda "Acauhan", no atual município de Aparecida. Em 9 de outubro de 1930, quando Ariano contava apenas três anos de idade, João Suassuna, então Deputado Federal, é assassinado no Rio de Janeiro, vítima das cruentas lutas políticas que ensanguentaram a Paraíba, durante a Revolução de 30. É no sertão da Paraíba que Ariano passa boa parte da sua infância, primeiro na "Acauhan", depois no município de Taperoá, onde irá frequentar escola pela primeira vez e entrará em contato com a arte e os espetáculos populares do Nordeste: a cantoria de viola, o mamulengo, a literatura de cordel etc. A partir de 1942, sua família fixa-se no Recife, onde Ariano iniciará a sua vida literária, com a publicação do poema "Noturno", no *Jornal do*

Commercio, a 7 de outubro de 1945. Ao ingressar na Faculdade de Direito do Recife, em 1946, liga-se ao grupo de estudantes que retoma, sob a liderança de Hermilo Borba Filho, o Teatro do Estudante de Pernambuco (TEP). Em 1947, escreve sua primeira peça de teatro, a tragédia *Uma Mulher Vestida de Sol*. No ano seguinte, estreia em palco com outra tragédia, *Cantam as Harpas de Sião*, anos depois reescrita sob o título *O Desertor de Princesa* (1958). Ainda estudante de Direito, escreve mais duas peças, *Os Homens de Barro* (1949) e o *Auto de João da Cruz* (1950). Em 1951, já formado, e novamente em Taperoá, para onde vai a fim de curar-se do pulmão, escreve e encena o entremez para mamulengos *Torturas de um Coração*. Esta peça em um ato, seu primeiro trabalho ligado ao cômico, foi escrita e encenada para receber a sua então noiva Zélia de Andrade Lima e alguns familiares seus que o foram visitar. Após *Torturas*, escreve mais uma tragédia, *O Arco Desolado* (1952), para então dedicar-se às comédias que o deixaram famoso: *Auto da Compadecida* (1955), *O Casamento Suspeitoso* (1957), *O Santo e a Porca* (1957), *A Pena e a Lei* (1959) e *Farsa da Boa Preguiça* (1960). A partir da encenação, no Rio de Janeiro, do *Auto da Compadecida*, em janeiro de 1957, durante o "Primeiro Festival de Amadores Nacionais", Suassuna é alçado à condição de um dos nossos maiores dramaturgos. Encenado em diversos países, o *Auto da Compadecida* encontra-se editado em vários idiomas, entre os quais o alemão, o francês, o inglês, o espanhol e o italiano, e recebeu, até hoje, três versões para o cinema. Em 1956, escreve o seu primeiro romance, *A História do Amor de Fernando e Isaura*, que permanecerá inédito até 1994. Também em 1956, inicia carreira docente na Universidade do Recife (atual Universidade Federal de Pernambuco), onde irá lecionar diversas disciplinas ligadas à arte e à cultura até aposentar-se, em 1989. Em 1960, forma-se em Filosofia pela Universidade Católica de Pernambuco. A 18 de outubro de 1970, na condição de diretor do Departamento de Extensão Cultural da Universidade Federal de Pernambuco, lança oficialmente, no Recife, o Movimento Armorial, por ele idealizado para realizar uma arte brasileira erudita a partir da cultura popular. Passa, então, a ser um grande incentivador de jovens talentos, nos mais diversos campos da arte, fundando grupos de música, dança e teatro, atividade que desenvolverá em paralelo ao seu trabalho de escritor e professor, ministrando aulas na universidade e "aulas-espetáculo" por todo o país, sobretudo nos períodos em que ocupa cargos públicos na área da cultura, à frente da Secretaria de Educação e Cultura do Recife (1975-1978) e, em duas ocasiões, da Secretaria de Cultura de Pernambuco (1995-1998 / 2007-2010). Em 1971, é publicado o *Romance d'A Pedra do Reino e o Príncipe do Sangue do Vai-e-Volta*, um longo romance escrito entre 1958 e 1970, e cuja continuação, a *História d'O Rei Degolado nas Caatingas do Sertão — Ao Sol da Onça Caetana*, sairá em livro em 1977. Na primeira metade da década de 1980, lança dois álbuns de "iluminogravuras", pranchas em que procura integrar seu trabalho de poeta ao de artista plástico, contendo sonetos manuscritos e ilustrados, num processo que associa a gravura em offset à pintura sobre papel. Em 1987, com *As Conchambranças de Quaderna*, volta a escrever para teatro, levando ao palco Pedro Dinis Quaderna, o mesmo personagem do seu *Romance d'A Pedra do Reino*. Em 1990, toma posse na Academia Brasileira de Letras, ingressando, depois, nas academias de letras dos estados de Pernambuco (1993) e da Paraíba (2000). Faleceu no Recife, a 23 de julho de 2014, aos 87 anos, pouco tempo depois de concluir um romance ao qual vinha se dedicando havia mais de vinte anos, o *Romance de Dom Pantero no Palco dos Pecadores*.

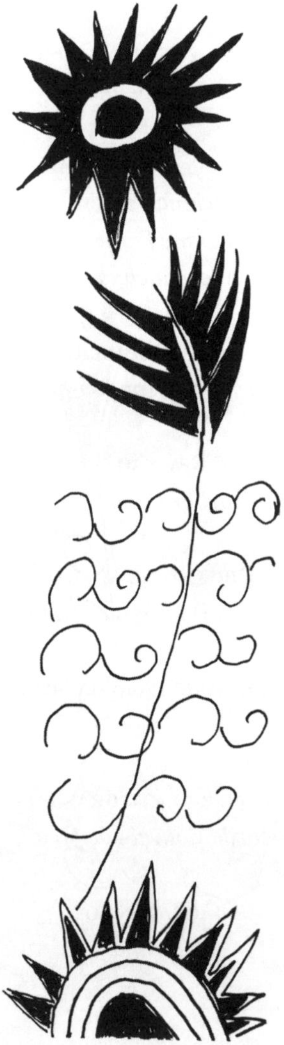

Direção editorial
Daniele Cajueiro

Editora responsável
Janaina Senna

Produção editorial
Adriana Torres
Laiane Flores
Allex Machado

Fixação de texto e nota biobibliográfica do autor
Carlos Newton Júnior

Revisão
Bárbara Anaissi

Direção de arte
Manuel Dantas Suassuna

Reprodução fotográfica das ilustrações
Leo Caldas

Capa e projeto gráfico
Ricardo Gouveia de Melo

Diagramação
Filigrana

Este livro foi impresso em 2022
para a Nova Fronteira.